KB110937

한 시간 전의 내가
지금의 나를
못 따라오게 할 거다

열아홉 보컬 입시 도전기

한 시간 전의 내가
지금의 나를
못 따라오게 할 거다

정호승 지음

출판
이안

열아홉 보컬 입시 도전기

한 시간 전의 내가
지금의 나를 못 따라오게 할 거다

초판 인쇄 ┃ 2016년 12월 30일
초판 발행 ┃ 2017년 1월 3일

지은이 ┃ 정호승
펴낸곳 ┃ 출판이안

펴낸이 ┃ 이인환
등   록 ┃ 2010년 제2010-4호
편   집 ┃ 이도경, 김민주
주   소 ┃ 경기도 이천시 호법면 단천리 414-6
전   화 ┃ 031)636-7464, 010-2538-8468
인   쇄 ┃ 세종피앤피
이메일 ┃ yakyeo@hanmail.net

ISBN : 979-11-85772-41-7 (03810)

「이 도서의 국립중앙도서관 출판예정도서목록(CIP)은 서지정
보유통지원시스템 홈페이지(http://seoji.nl.go.kr)와 국가자료
공동목록시스템(http://www.nl.go.kr/kolisnet)에서 이용하실
수 있습니다. (CIP제어번호 : CIP 2016031037)」

값 12,500원

■ 잘못된 책은 구입한 서점에서 바꿔 드립니다.
■ 出版利安은 세상을 이롭게 하고 안정을 추구하는
  책을 만들기 위해 심혈을 기울이고 있습니다.

여는 글

그동안 열심히 연습해 온 결과가
확연히 눈에 보일 정도는 아니지만
내가 원하던 것을
얻어내서 보람 있었다
연습하면
하루 한 시간 한 시간이 달라질 수 있다
한 시간 전의 내가
지금의 나를 못 따라오게 할 거다

contents

Part 1. 하루를 끝까지 열심히 살았다

Part 2. 하루 한 시간 한 시간이 달라질 수 있다

Part 3. 모든 이들이 내 노랠 듣고 감동할 거야

Part 4. 수고 했어 엄마의 한 마디에

Part 5. 시를 많이 읽는다면

Part 6. 이 기회를 놓치지 않고

Part 1

하루를 끝까지 열심히 살았다

노래와 운동을 병행

1.

보컬 입시 준비를 계속 하던
추운 겨울 날
안락한 장판지에
항상 먹을 것이 가득한
연습실에서
내가 무진장 게을러졌다는 생각이 들었다

2.

운동을 해 보려고 알아보니
유도가 좋을 것 같아
배워보기로 했다
유도는 격한 운동이지만
주먹으로 얼굴을 때리지
않는다는 이유로
부모님도 허락해 주신 운동이다

3.

오전 11시 부터 5시 정도까지
정시 입시곡으로 준비한
adele의 someone like you를 연습하다가
6시에 유도장으로 갔다
바로 등록하고 수업에 들어갔다

4.

중학생이지만 프로 선수로
활약하고 있는 사람들이 몇 명 있었다
사범이 자리를 비울 때면
그 아이들에게 교육을 맡겼다
몸으로 직접 보여주는 것이 효과적이라
육중한 몸의 성인 사범보다
날렵한 중학생 선수들이
더 효과적이라 그런 것 같다

5.

겁내고 엉거주춤 하다가
오히려 다칠 수도 있다는 느낌을 받았다
그래서 시키는 대로 몸을 던져버렸다
그랬더니 사범도 만족하는 눈치였다
전방 낙법
후방 낙법
옆으로 떨어지는 법
굴러서 떨어지는 낙법 등을 배웠다

6.

열심히 하다 보니 땀도 많이 났고
계속 굴러대다 보니
머리가 엄청나게 어지러웠다
목 부분이 당기는데
아마 목을 계속 구부리고
떨어져서 그럴 것이다

7.

노래와 운동을 병행하는 것은
시간낭비가 아니라
자기계발의 활력소가 된다는 느낌을 받았다
고되게
열심히 사는 느낌
기분 좋은 하루였다

2015. 12. 9

감정을 더 호소력 있게 전달하기 위해

1.

유도는 매우 매력적인 운동이다
아주 격하게 움직여야 되지만
기술이 들어가면
자신보다 체격이
훨씬 작은 사람에게도 제압당한다
난 지금 기본적인 기술들을
정확하게 익히는 과정이다

2.

유도는 작은 힘으로 상대에게
큰 타격을 주는 스포츠다
온 몸이 쑤신다
하지만 운동을 한다는 게 즐겁다
게으르게 살지 않기 때문이다
시간이 나눠지게 되고
당장 할 일을 뒤로 미루지 않게 되었다
운동할 시간과 보컬 연습할 시간이
겹치지 않게 하기 위해서다

3.

집에 와서 보컬 연습에 매진한다
더욱 정확하게 해야겠다는
느낌을 자주 받는다
저음과 고음
그리고 중간에 있는 음들을
하나하나 곱씹어가며 불러보았다
감정을 더 호소력 있게
전달하기 위해 서서 부르기도 하고
앉아서 또는
누워서 불러보기도 했다

4.

하루를 끝까지 열심히 살았다
약간 아쉽게 끝난다
놀고 싶은 마음이 많은데
시간이 없어서 그러지 못했다
하지만 보람 있고 바쁜 하루였다
기분 좋게 잠에 들 수 있다

2015. 12. 11

괜한 불안감과
더 잘 해야 한다는 압박감이

1.

정시 시험이 앞으로
한 달 조금 넘게 남았다
꾸준히 노래 연습을 한다면
충분히 준비할 수 있다

2.

오늘 입시곡을 최종적으로 정했다
Charlie wilson 의 my love is all I have
독특한 코드진행과 박자가 어우러지고
중저음과 고음을
잘 보여줄 수 있는 곡이라고 생각했다

3.

수시 1차 준비기간 때부터 준비했던 곡인데
그때는 시험 전날
갑작스레 곡을 바꿔서 시험을 치렀다
괜한 불안감과
더 잘 해야 한다는 압박감이
무조건 높은 음을 내는
빠른 노래가 승부수가 될 거라고 생각했었다

4.

정시 시험은 그때부터
열심히 준비했던
곡으로 해 볼 것이다
오늘부터 영상을 찍어서
음정 박자 발음
표정 손모양 입모양 연기 등
아주 세밀한 것까지 잡아내며 연습할 것이다

5.

하루에 4시간 물만 먹으면서 몰입하니까
더 이상 목이 메어서
노래가 안 나오는 걸 알 수 있었다
하루에 4시간씩 최고조의
집중력으로 몰입해서 연습하겠다

오늘도 보람 있게 마무리한다

2015. 12. 12

데스페라도 답답함을 호소

1.

데스페라도는 이글스의 히트곡인데
무법자라는 뜻을 갖고 있다
가사에는 세상이 자신의 것인 양
마냥 기고만장하게 살며
주변 사람들과 사소한
기쁨과 사랑을 나누기보다
커다란 자신만의 이상을
갈망하는 사람이 나온다

2.

얻은 것 없이 많은 세월이 흐르고
더 이상 의지가 없고
절망적일 때
다시 원점으로 돌아오라는 메시지다
용기가 되어 줄 수도 있고
의지가 되어 줄 수도 있는
그 메시지는 여태껏 이상을 좇아왔지만
얻은 게 없다고 믿고 있는
주인공에게 말한다

3.

너의 주변에 있는
사소한 것들이
오히려
너의 힘이 되고
더 높은 가치가 있다고

4.

내가 해석한 데스페라도 가사다
나는 해석본에 있는 무법자라는
말이 마음에 안 든다
제대로 된 위로라는 건
상대방을 제대로 파악하고
진심어린 말 몇 마디를
건네는 것이라고 생각한다

5.

나는 데스페라도가
무법자라는 고상한 단어보다는
"이 멍청한 놈아!"라고
말하는 게 더 나을 듯싶다
욕하고 싶은 마음에서 뱉은
멍청이가 아니라
여태껏 내 곁에 있지 않고
방황하며 돌아다닌 세월과
현실에 집중하지 않고
주변 사람들에게 사랑받지 못했던
나날들에 대한 답답함을
호소하기 위한 멍청이다

6.

오늘은 이 노래를 불러보았다
멋있게 부르려고 하지 않았다
그냥 가사를 생각하며 불러보았다
원곡자는 다른 의미로 쓴
가사일 수도 있겠지만
오직 내 생각에만 집중했다
아직 인생이 휘청거릴 어려움을 겪지 않았고
삶이 무엇인지 진지하게
생각해 본 적도 없었지만
가사에 감정을 쏟아보았다

7.

노래는 연기력과 그것을
받쳐주는 상상력이 중요하다
또한 그 상상력보다
더 중요한 것은
자신에 대한
신뢰라는 것을 알았다

8.

이 모든 것을 자유롭게 표현하려면
가창력이 바탕이 되어
감정선들을 망치지 않게
해 주어야겠다는 생각을 했다
그냥 노래를 부르는 게 아니라
연극을 할 수도 있을 것 같은 느낌이 든다

9.

생각이 많은 하루였다

2015. 12. 14

긴장했을 때
숨이 가빠지고 음정이 불안해진다

1.

아침에 일어나기가 매우 힘겨웠다
유도를 하며 계속 부딪히고
떨어지고 하면서 몸이 쑤셨다
나도 대련하면서
힘을 많이 써서
다리 팔 허리 목
근육이 가장 많이 쑤셨다

2.

힘겹게 몸을 가누면서 밥을 먹고
일 년 동안 돼지 저금통에
모아둔 돈들을
은행에 가져가서 지폐로 바꿔왔다
연말에는 이런 재미가 있어서 즐겁다

3.

연습실로 와서 실기곡 2곡
팝 1곡 가요 1곡을 연습했다
오늘은 부분적으로 불안한 음정이나
바이브레이션을 점검하고
그 부분만 계속해서
반복하는 식으로 연습했다
내일은 부분적인 부족함을 없앤
모습을 녹화할 것이다

4.

긴장했을 때 숨이 가빠지고
음정이 불안해진다는
나의 평가가 있었기 때문에
긴장하는 상황을 만들고
노래하는 연습을 해야 했다

5.

시험을 보러 가서 대기시간에
긴장하고 떠는 것은 괜찮지만
부르기 직전에
떨지 않는 게 중요하기에
담력을 키우기보다는
내 노래에 대한 자신감이
충만해 있어야 할 것 같다

6.

보컬 지도 선생님은
실기시험을 보기 전에
시험관들이 자신의
노래를 듣고 모두
감동하고
놀라워 할 것이라고 확신하고 있었다고 한다

7.

나는 시험 보기 전에
떨리는 마음을 가라앉히기 위해
편안한 생각과
편안한 상상을 거듭했을 뿐
시험관의 반응과
나의 노래에 대한 확신에 대해서는
별 생각이 없었던 것이다

8.

시험관의 눈이라고 생각하고
카메라를 설치해놓은 뒤
모든 동작들을 시험과 똑같이 해보겠다
내일은 그 연습을 할 것이다
다 한 다음에
시험관 입장에서 영상을 보고
무조건 비판해 보겠다

9.

운동은 내가 피곤해서
자더라도 좀 더 쉽게
일어날 수 있게 하는 의지력을 준다
유도 실기시험에서
밀려나고 싶지 않은 생각이 강하게 든다
열심히 보낸 하루였다

2015. 12. 15

'사랑은 향기를 남기고'를 녹음했다

1.

벌써 목요일이다
이번 주 월요일에 레슨하러 갔었는데
벌써 레슨할 날이
3일 뒤로 앞당겨졌다
시간이 빠르게 지나가는 것 같지만
실제로 겪는 시간은 그렇지 않다

2.

하루 종일 뭔가를
열심히 하기도 하고
아무것도 안 하기도 하면서
하루하루가 똑같은
비중으로 갔던 것이다

3.

오늘은 입시곡인
'사랑은 향기를 남기고'를 녹음했다
원곡은 오케스트라 악단과
밴드 코러스 등이 들어간
굉장히 화려한 음악이다

4.

목소리도 여러 개가
계속해서 같이 나온다
그래서 한 사람이
다 부르기엔 많이 힘들다
그 중 가장 힘든 점은
숨이 모자란 것이다
빠른 곡인데다
고음도 많고 기교도 많다
그래서 생각한 방법이 편곡이다

5.

이 노래를 단순한
피아노 반주와
함께 천천히 부르면 어떨까
먼저 숨 차는 문제를 해결할 수 있다
느려지기 때문에
중간에 쉴 부분이 생길 것이다
이렇게 했더니
기교를 다양하게 보여 줄 수도 있었다
느린 박자라서 자유로운 부분들이 생겼다

6.

유명한 곡이라
멜로디를 편곡하고
박자를 바꿔도 듣기에 낯설지 않다
내가 기교나 바이브레이션을
편하게 내기가 적합하고
멋있는 음색을 낼 수 있는
음이라 생각된다

7.

팝송은 발음을 중점적으로 연습하고 있다
유도도 열심히 하고 왔다
꼬박꼬박 유도장을 나가는 것은
뭐든지 좋든 싫든
꾸준히 하는 마음상태를 만드는데
큰 도움이 될 것 같기 때문이다
매일 유도장에 나가고 있다

2015. 12. 17

실기 곡 MR 완성

1.

실기 곡 MR이 완성됐다
내가 MR을 받은 시간은
밤 12시 30분이었기 때문에
녹음은 할 수 없었다
테이의
'사랑은 향기를 남기고'
MR이 온 것이다

2.

내가 구상했던
발라드 형식의 구조가 나올지
아니면 원곡과 비슷한 창법으로
MR만 단순히 강한 노래가 될지는
내일 해 봐야 할 것이다
최대한 발라드 느낌으로 연습해 볼 것이다
강하게 불러야 할 부분도 있기에
감정의 높낮이를
확실하게 보여 줄 수 있을 것이다

3.

노래는 이별한 사람의
가슴에 남은 사랑 이야기다
혼자서 소란스레
사랑했다는 가사가 있는데
그 말은 헤어지기 전에
상대방의 감정이
자신에게 좋게 느껴지지 않았다는 뜻이다
이제 다 끝난 사랑이지만
아직도 그리워하는 모습이다

4.

다른 이의 향기로 인해
그 사람을 떠올리는
경우가 종종 있다
그 사람만이 갖고 있는 향기
겉으로 보이는 생김새나
옷차림 따위로는
비교도 안 될 만큼
섬세한 그 사람에 대한 연상
그런 현상을 나타내는 요소가
바로 향기다

5.

사랑하는 사람과 같이 있을 때
자신의 물건들과 옷에
몸에 배 있던
그 사람의 향기는
헤어진 후에
원망과 미움보다도
먼저 그리움으로 다가오는 것이다

6.

노래 가사에 집중하고 있느라
다른 노래를 안 듣고 있다
한 노래에 빠져들면
다른 노래를 별로
듣고 싶지 않기 때문이다

2015. 12. 18

Part 2

하루 한 시간 한 시간이
달라질 수 있다

한 시간 전의 내가
지금의 나를 못 따라오게 할 거다

1.

오늘은 입시곡인 테이의
'사랑은 향기를 남기고'
녹음했다
어제 계획 했던 대로
강한 음악이 되지 않게 하려고 애썼다
너무 원곡의 느낌을
배제하지 않으려고도 애썼다

2.

하이라이트 부분의 음을
두 군데 정도 아예 바꿔버렸다
가성만 사용해서
끝까지 부르는 부분도 만들었다
고음이 연달아 나오는 부분이 있는데
그 부분은 부를 때는 힘겹지만
듣기엔 허스키한 톤이 나오고
편안하게 들리도록 노력했다
전체적으로 바이브레이션을 넣었다
끝음은 기본이고 첫음의
첫 마디부터 바이브레이션을 넣었다

3.

불과 두 달 전에는 힘들어했던 창법이다
그렇지만 뒤로 끌어당기는 듯한
바이브레이션을 계속해서
많은 노래들에 대입해서 불러본 결과
원하는 창법이 만들어졌다
정말이지 연습을 많이 할수록
무조건 발전한다는 걸 몸소 깨달았다

4.

그동안 열심히 연습해 온 결과가
확연히 눈에 보일 정도는 아니지만
내가 원하던 것을
얻어내서 보람 있었다
연습하면
하루 한 시간 한 시간이 달라질 수 있다
한 시간 전의 내가
지금의 나를 못 따라오게 할 거다

5.

오늘 녹음한 곡은
편안한 느낌의
발라드 정도가 됐으면 만족하겠다
이틀 뒤에 보컬 선생님께 들려주고
평가받아 볼 것이다

6.

내일은 두 곡 모든 녹화해 보겠다
목표는 최대한 한 번에 찍기!
그래야 실기시험과
가장 유사한 창법을 볼 수 있고
고칠 점을 잡아낼 수 있을 테니까

오늘도 열심히 살았다

2015. 12. 19

뻔한 가사

1.

대중가요들을 듣다 보면
여러 가지 느낌보다는
한 가지 정도의
느낌만 오는 경우가 종종 있다
대부분의 가사들은 사랑 이야기다
이별의 아픔
만남의 기쁨
고백을 어떻게 해야 할지에 대한 고민
사랑하는 이를 멀리서 바라보기만 하는
자신에 대한 답답한 감정 등등
사랑 이야기들을 가사로 표현하고 있다

2.

이렇게 다양한 주제의 가사들이라면
분명 지루할 리가 없고
오히려 새롭고 충격적이어야 하는데
왜 그렇지 못할까?
왜 만날 듣던 그 가사
그 멜로디로 들리고
들을 때마다 다음 노래가 예상이 될까?

3.

다른 사람은 어떨지 몰라도
나는 그렇다
한마디로 지루하다
자극적인 것을 원하는 게 아니다
신선한 것을 원한다

4.

사랑노래에서
가장 많이 표현하는 말은
'바보'인 것 같다
상대방을 부를 땐
'너'라고 표현하는 경우가 많고
상대에게 말을 건네는 화법으로 가사를 쓴다
이 세 가지를 접목해서
가사 한 구절을 만들면 다음과 같다
'난 아직도
너만 기다리는
바보인 걸'

5.

굉장히 익숙한 대중가요다
어디선가 꼭 들어 봤을 만한
그런 뻔한 가사들이란 말이다
우리나라 가요 중 영어 가사로
baby나 so beautiful이란
말들이 굉장히 익숙하다
다른 영어를 몰라서가 아니라
익숙함 그 자체가 상업화된 것 같다

6.

신선한 가사를 듣고 싶다
내가 만들어보려고 애 쓰고 있다
대중가요의 경향이 바뀌고
모두가 신선한 가사를 쓰려고 할 때가
반드시 올 것 같다

7.

그때는 내가 쓴 가사들이
익숙한 가사 중
하나가 될 수도 있다
그래도 상관없으니
가사를 만들 때
신선하게 만들었으면 좋겠다

8.

노래를 듣다가
안 듣느니만 못해서
차라리 조용히 가는 게
더 낫다고 느낀다
비슷비슷한 가사를 볼 때마다
답답하고 화가 난다
상업화된 음악에
맞춰지고 싶지 않다

2015. 12. 20

처음 떠오른 영감만으로는
곡을 만들 수 없다

1.

영감은
어느 순간
갑자기 나타난다
충분히
재능이라고 볼 수 있다

2.

가수 나얼 씨는 교회에서
기도하다가 갑자기
어떤 멜로디가 생각나서
곡을 썼다고 한다
내가 아주 좋아하는 곡이 됐다

3.

오랜 시간 작업실에서 쥐어짜낸
노래가 안 좋다는 얘기가 아니다
결과물만 놓고 봤을 때
어떤 과정을 거쳤든지 간에
좋은 곡은 그냥
들을 때 마음이
행복해짐을 느낄 수 있다

4.

과정은 모두 비슷하다
처음 멜로디가
어디서 어떻게 떠올랐든
바로 그 느낌을 종이에 쓰고
작업하고 수정하고 창작해 낸다
그 과정을 거쳐야만
완성된 곡이 나오는 것이지
처음 떠오른 영감만으로는
곡을 만들 수 없다

5.

예술가란
천재적인 재능만 가지고
되는 것이 아니다
작업실에 앉아
힘든 작업을 견뎌내야 한다
행여 고통스런 작업 없이
즉흥적으로 곡을 얻으려하는 자가 있다면
어떤 과정을 거쳐도 좋으니
나중에 완성된
곡을 들려달라고 할 것이다
그 동안에 충분히 스스로
작업의 고통을 느낄 테니

2015. 12. 22

힘을 더 빼고 박자를 잘 지키고
강약 조절을 하라

1.

하루가 다 끝나는 시간은
새벽 1시 반쯤이다
오늘은 오전 12시부터
아리랑 고개에 있는
보컬 선생님에게 찾아 가서
레슨을 받고 집에 와서
밥 먹고 연습하다가
6시 22분에 집을 나와서 버스를 타고
6시 45분쯤에 유도장에 도착했다
10시에 유도가 끝나고 집에 오니 11시
분식집에서 비빔밥을 포장해 와서 먹고
산책하고 자려고 누우니 1시 3분
이 글을 쓰고 있는 현재 시각이다

2.

오늘은 하루 종일 굉장히 우울했다
걱정이나 이유가 있어서가 아니라
그냥 우울했다

3.

노래를 부를 때
힘을 더 빼고
박자를 잘 지키고
강약 조절을 하라는
지적을 받았다
그것을 지키기 위해
박자 위주로 연습했다

4.

유도장에서 사범님들이
내가 실용음악
보컬 입시생이란
사실을 알게 되었다
굉장히 신기한 눈빛으로 바라보며
여러 가지 질문들을 했다
가수가 꿈인 것이냐
존경하는 가수는 누구냐

5.

내가 노래하는 사람이란 사실을
알리는 것 자체가 매우 기뻤다
그리고 자기 삶의 줏대가
확실히 세워진 것 같아서 기분 좋았다

6.

산책하면서 내 삶에 대해
어머니와 이야기를 나눠보았다
부끄러움을 타는지
친구들에겐 절대로 하지 않는
진지한 대화를 들어줄 사람이 필요했다
따로 해답을 들으려고
한 얘기가 아니라
내가 막 내 삶에 대해 얘기하다 보면
나 스스로 정리가 된다

7.

몇 주만 있으면 어른이다
기분이 묘하다
그때 가서 또
구체적으로 표현해 보겠다

8.

생각이 많아지는 밤이고
우울한 기분이 든 만큼
많은 자기 성찰과
생각들을 하게 된 하루였다
특별한 사건이 있는 것이 아닌
이런 평범하게 느껴지는
시간이 소중한 것 같다

9.

많은 생각을 하게 해 준다
의미 있는 하루였다

2015. 12. 21

3시간 4시간 동안 같은 노래만

1.

욕심이 많아졌다
하고 싶은 게 많아졌다
연습실에서 영상을 찍으려고
카메라를 설치하고
음향기기를 설치하고 있을 때
그 시간조차 조바심이 나서
서두르려고 했었다

2.

녹음을 할 때도
더 잘하고 싶고
더 완벽하게 하고 싶은
마음이 무지 컸다
그래서인지 목은
금방 상해버리고
노래는 마음대로 나오지 않았다
욕심이 한계에 부딪힌 것이다

3.

어쩌면 내가 욕심이라는
마음가짐 하나만으로
여기까지 올 수 있었지 않았나
하는 생각도 많이 했었다
그렇지만 욕심뿐이었던 것 같다

4.

실제로 하고 있는 것에 비해
욕심이 많이 앞서 있었기 때문에
녹음을 할 때에도
절대로 한 번에 끝내지 못하고
수백 번을 같은 자리에서
물도 안 마시고
3시간 4시간 같은 노래만 불렀던 것이다

5.

이렇게 힘든 과정을 거쳐서
영상 하나가 나오게 되면
그 날은 영상을 갖고 내려가
부모님께 보여드린다
이런저런 얘기를 듣고 만족스러워한다

6.

영상이 안 나오는 날도 많다
그럴 때는
새벽 2시 정도가 되면
그냥 내려온다

7.

연습 시간을 봤을 땐
분명히 많은 시간인데
왜 항상 만족을 못하는 것일까?
바로 욕심 때문이다
내 욕심은
나를 끊임없이 절망하게 만든다

8.

하지만 지금 가장 필요한 것은
욕심이 아닐까 싶다
힘든 과정을 거치면서도
끊임없는 욕심 때문에 다시
또 다시 도전하게 된다

9.

생각이 정리가 안 된다
그냥 노래할 때만큼은
욕심 부리면서 살아야겠다
그게 실력 향상에 도움이 될 것 같다

2015. 12. 26

노력하는 모습으로 간직할 것

1.

하고 싶은 것이 많아졌다
대학만 붙으면
뭐든 할 거라고 다짐하면서
참는다

2.

만약 대학을 가지 못하면
하고 싶은 것도 못하고
살아야 하는가?
그건 아니다
나 스스로 대학이라는
기준을 정하고
그것에 나를 맞춰가는 과정일 뿐이지
인생을 판가름하고
기준을 정할 만큼의 가치 있는 일은 아니다

3.

지금 하고 싶은 일을 못하는 건
연습에만 집중하기 위해
다른 시간을 투자하지 않는 것뿐이다
열심히 노력하는
모습으로 간직할 것이다

2015. 12. 27

Part 3

모든 이들이
내 노랠 듣고 감동할 거야

가수의 개성

1.

가수의 개성이라 하면
가장 먼저 떠올리는 것이
그의 목소리다
목소리가 두껍고 얇고
고음 또는 저음의 가수이고
그의 감정이 어떻고 하는 기준들이다

2.

외모로 특징 짓기도 한다
덩치가 크고 목소리가 두꺼우며
한 소절만에 눈물이 나게
할 수 있는
감정을 가진 가수라면
대중들에게 아주 인기 있을 것이다
대중들이 가수의 개성으로 여기는
조건들이 모두 명확하게
배어 있으니까 말이다

3.

위에 말한 조건을 모두 갖춘
대표적인 가수가 임재범이다
대중들이 그의 이미지를 만들어낸 것이다
나도 임재범을 아주 좋아한다
그렇지만 일반적인 이유와 다르다
나는 그의 창법이 좋다
투박하게 들리지만
아주 섬세한 소리
거친 목소리를
드러내려 하지 않는 창법
일부러 거친 목소리를 내려고 하면
호흡이 거칠어지고
발음과 음정이 불안해진다
하지만 임재범은
아주 섬세하게 부른다

4.

그와 반대되는 가수가 신용재다
신용재는 투박한 소리를
내지 않는 대신
약하면서도 팽팽한 소리를 낸다
그런 소리를 내려면
우선 음정이 아주 정확해야 한다
자칫 잘못하면 앵앵거리는
소리가 되기 때문이다
신용재는 기계처럼
정확한 음정과
매끄러운 목소리를 가졌다
그래서 난 신용재도 아주 좋아한다

5.

깊이 있는 생각을
하게 돼서 행복하다
진지하게 사는 것 같다

2015. 12. 28

한 노래만 연달아 부르다 보면

1.

피곤하다
한 노래만 계속 부르는 게
힘들다
지겹거나 연습하기 귀찮다는
단순한 이유가 아니라
한 노래만 연달아 부르다 보면
나도 모르게
내 함정 속에 빠지게 된다

2.

어떤 한 부분이 마음에 안 들면
그 부분을 고치고
다시 불러보고
전체 곡을 들었을 때
안 어울리는지 보고
다시 고치고
다시 고친 창법에서
잘 부를 수 있게 연습하고 하느라
엄청 목이 아플 때까지
연습해야 한다
체력도 떨어지고 목소리도
더 이상 안 나게 된다

3.

하지만 잘못된 방법은 아니기에
대책을 세운다거나 하지는 않겠다
그냥 적응해 보겠다

2015. 12. 30

긴장 안하는 훈련이 가장 힘들다

1.

오늘은 호원대학교 실기시험 본 날이다
전날 밤 12시30분쯤 잠들었다가
새벽 5시쯤 일어났다

2.

계속 목을 풀고
긴장을 안 하는 게
최종목표라고 생각하면서
내 자신에게 집중하고 있었다

3.

시험장에 가서도 긴장은 하지 않았다
대기실에서 대기할 때도
계속해서 긴장 안 하도록
정신을 가다듬었다
시험을 보러 들어갔을 때까지
전혀 긴장하지 않고 있을 수 있었다

4.

계속해서 심사의원들이
'내 노래를 듣고 감동할 거야'
라는 생각과 동시에
'여기 있는 사람들은 다 내가 이길 수 있어'
라는 거만한 생각을 했다
밑져야 본전이라고
어차피 시험은 한번 보는 거고
불안하더라도 어차피
한번 시험보고 끝이기 때문에
긴장해서 좋을 게 없다고 생각하고 있었다

5.

6월 말부터 시작한 음악
이제 시험만 남았다
긴장 안 하는 훈련이 가장 힘들었다
노래 연습을 많이 해봤자
긴장하면 숨이 가빠지기 때문에
무용지물이 될 수 있다

6.

다음 6개 학교 시험까진
대략 일주일 정도가 남았다
하고 싶은 일을 하는 거라서
시험 보러 다니는 것이
여행처럼 느껴질 것 같다
행복하다

2016. 12. 31

주체 못할 나의 끼

1.

오늘 경민대 시험 날짜가 나왔다
다른 학교들은 아직
발표날짜가 좀 남았다
경민대는 홈페이지 참조가 아니라
본교에서 직접 전화가 왔다

2.

지난번에 호원대를 시작으로
두 번째 실기시험이다
악보 5부와 MR
신분증 수험표를 챙겨 갔다
합격하면 너무 좋을 것 같다

3.

목요일에 레슨이 있다
다음 날 시험 직전의 레슨이다
레슨 날이 시험이라고 생각하고
긴장되는 감정 조절과
목 상태 점검 등을
시험과 똑같이 해놓고 레슨할 것이다

4.

평생 할 일을
지금 찾는다는 건
어쩌면 빠른 선택이다
위험할 수도 있고
중간에 마음에 들지 않을 수도 있다

5.

나는 안 좋은 마음이 드는 일은
처음부터 감 잡을 수 없다고 생각한다
시작해 보고
견뎌본 후에 마음이 바뀌는 건데
그러려면 많은 일을 해봐야 한다
이십대에 평생 할
한 가지 일을 정하는 건
빠른 결정이라는 얘기다

6.

내가 지금 하고 있는 노래는
평생 불러도 질리지 않을 자신이 있다
남들 앞에 서서
가장 멋있게 보일 수 있다
사람들의 관심과 사랑을 받을 수 있고
주체 못할 나의 끼를
지칠 때까지 토해 낼 수 있는 수단이다

7.

난 노래하는 게 정말 좋다
대학이고 뭐고
난 그냥 노래하는 게
행복한 사람이다

2016. 1. 5

Part 4

수고 했어
엄마의 한 마디에

시험 이틀 전

1.

오늘은 유도를 안 갔다
유도는 굉장히 격한 운동이라
시험 이틀 전에
몸이 다치기라도 하면
안 되기 때문이다

2.

혼자 실기 곡 영상 촬영을 했다
촬영 중에도 집중력을
계속 강화시키려고 노력한다
그렇지 않으면
노래가 계속 답답해진다

3.

지금 너무 답답하고 힘들다
노래할 때 같은 실수를 반복했고
또 찍은 영상을 볼 때마다
마음에 안 드는 부분이
꼭 한 군데씩은 나왔다
이럴 때는 촬영을 중지하고
잠깐 쉬다가
다시 하기도 하는데
보통 그렇게 하면
어느 정도는 마음에 여유가 생겨
괜찮은 영상을 건질 수 있다

4.

하지만 오늘은 유난히 영상이 안 찍힌다
'매일 잘 될 수는 없잖아'
이 말을 핑계로 오늘은 쉬려고 한다
새벽 1시 40분까지 했으면 많이 했다
내일 레슨이다
그때는 노래가 잘 나올 수 있도록
아침 일찍 일어나서
계속 목 관리를 하고 있을 계획이다

5.

오늘은 힘든 하루였다

2016. 1. 6

시험 하루 전

1.

아침에 일어나서 준비하고
바로 나가서
10시에 레슨을 했다
직전 점검을 한 것이다

2.

선생님은 내가 음정이 안 떨고
박자도 좋아졌다고 했다
자신감이 붙었다
여태껏 매일 새벽까지 연습하며
고생한 보람이 있었다
결과야 어쨌든
내가 노력해서 이만큼 발전했다는 것이 기뻤다

3.

시험의 최종 목표는 긴장하지 않는 것이다
내일 아침 일찍 일어나서
목을 풀고 산책도 하면서
긴장을 없애 볼 것이다
시험 보는 게 행복하다

2016. 1. 7

실기시험

1.

"수고했어"
엄마의 한 마디에 울컥했다
감성이 풍부해서라기보다
그냥 알 수 없는
무언가가 벅차올랐다

2.

아침 6시에 일어나기로 했지만
너무 피곤해서 7시쯤 일어났다
바로 씻고 마중물에 가서
정리를 하고 집에 와서
밥 먹고 노래 부르다가 시험장으로 갔다

3.

날 반갑게 맞이해주는 사람은 없다
원래 시험장이 그럴 수밖에 없는 거 알지만
너무 무섭고 살벌한 분위기다
노래의 본질은 즐거움이라고 생각하는데
모두가 경쟁에만 목을 매고 있었다

4.

모두가 살벌하게 눈을 뜨고
엄숙한 분위기 속에서
긴장하지 않으려고 애썼다
그런 분위기 때문에
긴장을 푸는 게
평소보다 훨씬 힘들다

5.

어렵게 마음을 안정시키고
시험을 봤다
실수 없이
잘 불렀다

6.

해가 저무는 모습을 보면서
집으로 왔다
화려하게 노래 부르고
살벌한 분위기 속에서
긴장하지 않고
실수하지 않기 위해서
몸부림치고
노력하던
내가 어둑어둑해지는
골목길로
다시 돌아오고 있을 땐
왠지 위로받고 싶고
내 심정을 이야기해 줄
사람이 필요했다

7.

앞으로 네 개 학교의 시험이 남았다
오늘은 쉬고
내일부터 다시 용기를 찾자!

2016. 1. 8

다른 사람들의 시선이
내 마음보다 크게 작용하는 것 같아

1.

오늘은 여주대학교 실기시험 본 날이다
나와 같은 실용음악을 택한
내 여자 친구에게 편지를 썼다
내가 느낀 솔직한
감정들을 이야기해주고 싶었다

2.

사랑하는 나의 타나에게
요즘 나는 자꾸 우울해져
주변에서 나에게 하는
기대가 커져서도 그렇고
내가 아빠한테 공부를 배우다가
갑자기 음악 한다고 해서
아빠 학원 애들 대부분은 나를 알거든
그리고 영어학원도
그렇게 음악 한다고 끊었어
그래서 나를 아는 사람들은
다 나를 좋게 볼지
나쁘게 볼지 모르겠어

3.

대학에 붙거나
내 음악이 알려져서 당당하게
주변사람들에게 보이고 싶은데
경쟁은 치열하고
사람들도 나를 계속 생각하진 않을 거 아냐
점점 다른 사람들의 시선이
내 마음보다 크게 작용하는 것 같아
신경 쓰지 않고 혼자 갈 길을 가는 게
진짜 힘든 일이란 걸 알았어
그렇지만 이런 과정을 겪는 것의 기반은
나 스스로 음악 하겠다고
결정한 것에서 시작됐잖아
그러니까 주변사람들에게
당당해지기 위해선
그냥 내가 줏대 있게 행동하는 게
가장 중요한 것 같아

4.

대학 같은 문제를 바라보면
하나의 과정일 뿐이야
그저 열심히 준비한 대로만 하고
노래하는 게 세상에서
가장 좋아서 하는 일들이니까
항상 행복한 사람이라고 여기며 살 거야

5.

너도 음악하면서 힘들 텐데
본질은 네가 좋아서 하고 있는 것이라는 걸
잊지 말았으면 해

2016. 1. 11

용인대 실기 시험

1.

용인대 보컬 시험 보러
아침 6시에 출발해서
8시에 도착했다
9시까지 입실이라
시간이 남아서 부대찌개집에서
아침 식사를 거하게 하고
문화예술관 3동으로 입실 중이다

2.

엄마 아빠가 동행해 주셨다
엄마가 사진을 찍어주시고
아빠는 주차장에 차를 대러 가셨다

 3.

잘 보고
딱 합격했다고
문자가 오겠지

2016. 1. 13

Part 5

시를 많이 읽는다면

처음 보는 악보를
바로 연주를 할 수 있느냐

1.

나는 지금부터
작곡학과 시험을 준비할 거다
대학 발표가 아직 안 났지만
합격 여부를 떠나서
내년에 실용음악과
작곡학과로 시험을 볼 계획이다

2.

대학교를 다니더라도
시험은 꼭 볼 거다
가수가 된다는 건
완벽한 사람이 되어야 한다는
뜻이라고 생각한다
당연히 노래 실력이 최우선이지만
그것만으로는 부족하다

3.

노래 실력 외에 다른 능력 중
가장 먼저 손꼽히는 능력이
바로 작사 작곡이다
자신이 곡을 만들어서 부르는 것과
남의 노래를 자신의 것으로
만들어서 부르는 것은 크게 다르다

4.

작곡과는 보컬에 비해 경쟁률이 매우 낮다
배울 것도 많고
익혀야 할 것도 많기 때문이다
일단 화성악 공부가 마스터 돼 있어야 한다
문제집을 풀었을 때
거의 만점이 나와야 한다

5.

화성악은 굉장히 복잡하고
공부 자료가 많지 않아
익히기가 힘들다
피아노 코드 반주 정도는
능숙하게 할 줄 알아야 한다

6.

초견, 초견이란
처음 보는 악보를 바로
연주할 수 있느냐를 평가하는 종목이다
청음 청음이란
처음 듣는 음정들을
듣기만 한 상태에서
오선지에 음표로 나타내야 종목이다

7.

가장 중요한 자신의 노래
노래가 만들어지기까지
이렇게 많은 작업이 거쳐진다
이런 걸 나 혼자서
다 할 수 있는 유일한 방법
작곡학과 대학에 들어가서 배우기
어쩌면 일 년이 부족하다

8.

부지런히 움직이면
하루하루가
발전할 것이다

2016. 1. 14

평생 한 작품에 몸 던질 각오

1.

시 수업 이틀째
나도 뭔가 꿈틀거린다

2.

시를 공부하다가
시인의 표현 기법을
비판한 적이 있었다
"너무 과장되었다
너무 비현실적이고
주제와는 어긋나는 이야기일 뿐이다"

3.

나름대로 뚜렷한 논리가 있었다
시인은 자신이 앞서
얘기한 주제를 강조하기 위해
다른 사물이나 가치관들을
접목시켜 비유했다는 것이다
그래서 앞서 말한 주제와
거리가 먼 이야기가 될 수 있다고 해석한 것이다

4.

시인의 의도는
내가 생각하는 것처럼
자잘한 표현기법 정도가 아니었다
결국 그의 인생에서 드러나는 모든 것
그것은 제각기 다른 모든 사람들에게도
공통적으로 적용되는 요소들이었고
시인이 과장한 것처럼 쓴 표현과
이야기들은 주제를 강조할 뿐만 아니라
더 넓은 세계관을 가질 수 있게
생각의 길을 열어 준 것이었다

5.

평생 반성하고 다그치며 살아야겠다
그래도 부족하다
시인처럼 작게 살아야겠다
남들이 처음에는 지적할지라도
나중에 참뜻을 깨닫고
자신을 후회할 정도의
작품을 쓰는 사람이 되자
그러기 위해서는
평생 한 작품에 몸 던질 각오가 있는가?

6.

대중들에게
나의 작품 한 편만
전달돼도 성공이다

2016. 1. 18

입시곡은 일곱 달 동안 연습

1.

오늘은 노래 부르는
어플을 통해
가수 김범수와 함께 노래를 불렀다
나와 가수 김범수의
차이점을 분석해봤다

2.

우선 나는 기교에 너무 신경 쓰고 있다
그것을 인식하고
기교를 최소한으로 하려고
맘먹고 불러도
김범수와 비교했을 땐 확실히
기교에 집중돼 있다

3.

김범수는 기교를 짜인 틀대로만 한다
그것은 즉흥적으로 부르지 않는다는 것이다
즉흥적인 것은
처음 곡을 만들 때 정도고
사람들 앞에서 부를 때에는
연습한 그대로를 보여주는 것이다
그 기교는 매우 짧고 단순하다
하지만 더 많은 기교를 보여준
나보다 훨씬 더 깔끔하고 듣기 좋다
나는 김범수에 비해 음정이 불안정하다
문제는 내가 노래를 부를 때는
그것을 못 느낀다는 것이다
극복할 수 있는 방법이 있다

4.

나는 선천적인 재능만을 믿고
노래 부르기에는 부족하다
연습을 많이 해야 한다
연습은 한 음을 5초 정도 길게 내면서
느리게 부르면 된다
그러면 음정이 정확해지고
박자 연습은 엠알에 맞춰서
박자만 나오는 어플을 설정해 놓고
MR은 틀지 않고 노래만 부르면
박자가 안정적으로 잡힌다

5.

연습은 일주일 정도 하면
안정적으로 들리고
이주 삼주
이번 정시 입시곡은
6월 말부터 7달 동안 연습했다
그렇게 하면 김범수가
자기 노래 부를 때의
자신감이 나에게 생길 것 같다

6.

연습은 즐겁지만
몇 시간 하다 보면
지치고 목이 아프다
가수와 함께 불러보고
비교를 하는 것도
큰 도움이 된다

2016. 1. 20

보편적인 감정 표현

1.

노래는 시와 연관이 있다
시에는 오래도록 선조들이 간직하던
수많은 감정들이 담겨 있다
그 감정은 개인적인 것이 아니라
모든 사람들이 공감할 만한 감정이고
그 감정을 뜨겁게 달궈 줄
감각적인 표현 방식이다

2.

시를 많이 읽는다면
보편적인 감정 표현을 능숙하게
가사에 써 낼 수 있을 것이다

3.

내년에는 작곡학과로
대학 시험을 보겠다고
구체적인 계획을 세웠다

4.

가장 중요한 것은
자신의 작사
작곡
노래다

5.

멜로디는 잘 만들 수 있다
계속해서 수업을 받고
계속해서 만들어 내기 때문에
그 중에서 나은 걸 고르면 된다
중요한 것은 가사이다
내가 만족할 수 있는
노래를 만들 것이다

6.

짧고 간결한
단어 하나하나에
깊은 뜻이 있고
가슴이 뜨거워지는
감정을 만들어내고 싶다

7.

그러기 위해선 가장 보편적인
감정과 표현을 익숙하게 만들고
가사를 어설프게라도
시를 베끼더라도
계속해서 쓰고 걸러내는 작업이 필요하다
요즘 그 연습을 계속 하고 있다

8.

작곡을 잘 하는
가수가 되는 게
나의 25 살까지의 목표다
(군대 2년 포함)

2016. 1. 21

노래의 본질을 깨뜨리는 행위

1.

벌써 1월이 거의 지났다
사는 게 빠르다고 느껴지기도 하고
하루하루 곱씹어 보면
지루한 시간도 많았다

2.

화성악 공부를 시작했다
기초적인 공부는 6월쯤 많이 해놨기 때문에
또 익히기에는 약간 수월했다

3.

성격이 아주 사나워진 것 같다
평상시에 화나는 일이 잦아졌다
혼자서 중얼중얼 거리며
화를 가라앉히기가 일수다
남들에게 피해 끼치기 싫다
결국 내가 손해 보는 행위다

4.

햄스터를 한 마리 샀다
즉흥적으로 산 것이지만
예전부터 햄스터를 키우고 싶은
마음이 있었다
막상 키워보니 작은 쥐가
움직이는 걸 구경하는 것도 재밌고
평소엔 개나 고양이 등
애완견을 그냥 짐승으로만 생각했었는데
이젠 그들도 생명이구나
하는 느낌이 생겼다
열심히 키워봐야겠다

5.

오늘은 정인의
'미워요'라는 노래를 불렀다
녹음하고 싶었지만
사소한 실수와
그것을 허용하지 못하는 성격 때문에
녹음해서 저장하는 일은 하지 못했다
내일은 꼭 그 곡을 녹음하겠다

6.

한 곡에만 집중한다는 건
어쩌면 노래의 본질인
즐기는 것을 깨뜨리는 행위일 수 있다
사소한 실수를 줄이는 것 자체가
즐거움이 될 수도 있기 때문에
무조건 한 곡만 열심히 해보겠다

2016. 1. 24

약간 빠른 템포의 어쿠스틱 느낌

1.

가사를 쓰고 있다
지금 쓰고 있는 가사는
약간 빠른 템포의
어쿠스틱 느낌이 나는
노래가 어울릴 것 같다

2.

배터리가 다 떨어져서
조마조마한 상황을 재밌게 표현해봤다
우선 배터리를 의인화 시켰다
그것도 섬세한 감정표현에
능숙한 여성의 모습으로 말이다
배터리는 자신이 다 떨어질 때까지
조치를 하지 않고 방치해둔
휴대폰 주인을 원망하고 있다
자신에게 관심이 꺼질까 봐 두려워하고 있다
그래서 들릴 듯 말 듯
자신을 어서 충전해달라고 말한다

3.

주제는 좋은 것 같다
이 상황에서 더 벗어나지 않고
간결하게 표현하는 게 우선이다
가사를 쓸 때는
머릿속이 하얘지다가도
정신없이 떠오를 때도 많다
쉽지 않다

2016. 2. 9

유쾌하게 톡톡 튀는 감각

1.

실기시험이 임박했다
국제예술대학교 시험이
다음 주 월요일
11시 반으로 정해졌다

2.

사람들이 꽤 많이
정시 2차를 보는 듯하다
아니 어쩌면 정시 1차 때보다
더 많이 지원했을 수도 있다
어쨌든 경쟁률은 높고
시험 보는 건 힘든 일이다
시험 과목이 재밌으니까
할 만한 것뿐이다

3.

'change the world'라는 노래를 준비했다
원곡이 워낙 유명해서
들으면 다 알 것이다
그래서 조금 변화를 주려고
박자를 더 빠르게 바꾸고
전달력도 깊이 있고
감동적인 느낌보다는 유쾌하고
톡톡 튀는 감각적인 느낌을 주려고 한다

4.

이번 시험은 느낌이 좋다
노래가 이렇게 좋게
편곡된 적은 없었기 때문이다
내 노래 실력도 많이
다듬어졌기 때문에
실력발휘 제대로 해 볼 것이다

2016. 2. 11

Part 6

이 기회를 놓치지 않고

첫 번째 목표 달성

1.

실용음악과 보컬 입시생
첫 번째 목표가 달성됐다
실용음악과 보컬 학부에 합격했다

2.

다음 목표는 학교 내에서
장학금을 받는 것
내년 실기시험을 준비하는 것이다
실기시험 과목은 작곡학과가 될 것이다

3.

6월 말까지 수능 공부하다
갑자기 진로 변경해서
마음 고생이 많았고
수시 수시 2차 정시 1 차에서
연달아 예비 번호만 받거나
떨어져서 재수를 생각하며
우울하게 지냈는데
봄이 오기 반 달 전에
합격 소식이 날아왔다

4.

이 기회를 놓치지 않고 열심히 살아가겠다
열심히 산다는 건
구체적으로 예를 들어
아침에 7시에 일어나는 것이다
날마다 엄청나게 다양한 경우들이
아침잠을 부르겠지만
그래도 뿌리치고 일어나는 것부터가
열심히 사는 것의 시작이다

5.

참 감사하다

2016. 2. 23

기죽지 않는 척 뻔뻔하게

1.

대학 생활을 한 지
벌써 삼 주째가 되어간다
대학에서는 일주일에 한 번씩
정기적인 공연을 통해
학생들의 실력을 향상시키는
프로그램을 진행 중이다
그 공연을 만드는 사람들은
바로 이 학교의 실용음악과 학생들이다

2.

3주 전 시작된 이 공연은
이 학교의 4학년부터 1학년까지
두 달 정도의 기간을 두고 진행된다
이 공연이 끝나고 나면
교수가 공연을 한 학생들에게
각각 조언 또는 고쳐야 할 점 등을
냉정하게 말해준다
그 말을 듣고 고치는 학생이 있는가 하면
자존심 상해 교수를 미워하는
학생들도 있다고 한다

3.

누군가에게 자신이
열심히 준비한 것을 보여주고
지적을 받는다면
분명히 기분이
나쁜 건 사실이다
그러나 당장 내색하지 않고
무조건 다음 기회를 통해
나를 더 어필하려고 해야 한다

4.

나도 며칠 전 합주실기 시간에
내가 열심히 준비해 간 노래를
칭찬은커녕 차갑고 짧은
한두 마디의 지적만 듣고 끝나버렸다
자존심이 상한 나는
그 순간 교수가 죽도록 미웠지만
다음 날이 돼서 감정이 정리된 후에 생각해 보니
다음 합주 실기 때 과제 곡을
이번보다 더 잘 해야겠다는
생각이 들었다

5.

당장 며칠 뒤에 있는 합주 실기 때
어떤 소리를 듣게 될까
기죽지 않는 척하면서
뻔뻔하게 그 교수 앞에서
노래 불러 보겠다
가수가 되고 싶다는 꿈
그 첫걸음을
이 대학교에서
아주 잘 딛는 사람이 되겠다

2016. 3. 30

옆집에서 시끄럽다고
항의를 해도 연습

1.

연습에는 한계가 없다고 생각한다
가만히 앉아있더라도
그의 귀에 이어폰을 꽂은 채로
한 노래에 감동받고 있었다면
그것은 분명 연습이다

2.

목이 터져라 노래 부르는 것만
연습이라고 할 수 없다
가장 중요한 것은
꾸준히 연습을 하고 안 하고
그런 것들이 아니라고 생각한다

3.

연습에 있어 가장 중요한 것은
얼마나 그것을 자주 생각하느냐다
시도 때도 없이
온 정신이 음악에 빠져
다른 이와의 대화나
의사소통에 문제를 겪어도 괜찮다
자신이 몰두하고 싶은 것에
완전히 미쳐버려
집안에 틀어박혀 아무것도
안 먹고 음악만 하다가
굶어 죽어버려도 좋다
연습은 즐거운 것이니까

4.

나는 항상 이런 생각을 갖고 살아간다
누구의 어떤 음악이 좋다는 것보다는
시도 때도 없이
노래를 흥얼거리다가
때가 되면
주변에 아무도 없을 때
성량을 뽐내며 힘껏 부른다

5.

실제로 옆집에서 시끄럽다고 항의해도
난 개의치 않는다
최소한 방문을 모두 걸어
닫고 부르기 때문에
어쩔 수 없는 부분이기도 하고
주변 상황에 따라서
나의 연습하는 의지가
사라질 수는 없기 때문이다

6.

음악을 하는 입장에서
이렇게 몰두하고
연습할 각오가 되어 있고
항상 즐겁다

2016. 7. 26

열아홉 입시생이 들려주는
내밀한 자기고백

이인환 (시인)

열아홉 입시생이 들려주는 내밀한 자기고백

1. 열아홉 입시생 당당한 주인으로 서다

열아홉, 결코 적은 나이가 아니다. 불과 오십 년 전만 해도 이 나이에 사회생활을 하는 이들이 많았고, 더러는 결혼을 해서 가정을 이루는 경우도 있었다. 그런데 어느 순간부터 입시생이라는 멍에를 뒤집어쓴 열아홉 살 아이들은 대학 신입생이 되기 위해 부모의 보호를 받아야 하는 존재로 전락해 버렸다. 고학력 현상이 자연스런 사회분위기로 자리잡아가면서 대학이나 대학원을 졸업할 때까지 부모의 품을 벗어나지 못하는 아이들이 많아지면서 만들어낸 부작용이다.

언젠가 이런 문제를 다룬 책을 꼭 내고 싶었다. 부모님들께는 열아홉 살 내 아이 결코 어리지 않으니 입시에 목을 매야 하는 어린 아이로만 보지 말고, 자신의 인생을 스스로 개척해 나갈 수 있도록 응원과 격려를 해주는 인격체로 봐야 한다는 것을 알려주고 싶었다. 아울러 아이들에게는 열아홉 살이면 이제 세상의 주인으로 서기 위해, 세상을 향해 자신의 꿈과 희망을 마음껏 발산해야 한다는 것을 알려주고 싶었다.

그러던 중에 열아홉 보컬 입시생 정호승의 글을 접했다. 일반 입시생의 정서와는 달라 좀 아쉬움은 있었지만, 그래도 우리 시대의 열아홉 살 입시생의 내밀한 마음을 볼 수 있어서 좋았다.

5.
하루에 4시간 물만 먹으면서 몰입하니까
더 이상 목이 메어서
노래가 안 나오는 걸 알 수 있었다
하루에 4시간씩 최고조의
집중력으로 몰입해서 연습하겠다

오늘도 보람 있게 마무리한다
- '괜한 불안감과 더 잘 해야 한다는 압박감이' 중에서

예전에는 10년 공부면 무엇이든 하나쯤 이룰 수 있다고 했다. 실제로 10년 공부를 통해 학문의 경지를 이룬 이들도 많다. 그런데 지금은 어떤가? 초·중·고 12년 공부를 해왔음에도 아직 어린 아이 수준에 머물러 있는 경우가 많다. 자신의 적성이나 능력에 맞는 일을 찾아 그것에 몰입하기보다 이것저것 수박 겉핥기식인 공부에 내몰리고 있기 때문이다.

그런데 정호승은 이런 입시 공부에 이의를 제기한다. 어느덧 열아홉, 자신이 좋아하는 일을 찾아 그것에 몰입하며 보람을 찾고 있다. 물론 입시생이라는 신분을 잊지 않고 '괜한 불안감과 더 잘 해야 한다는 압박감'

도 느낀다. 하지만 이런 불안감과 압박감은 미래를 위한 긍정적인 에너지로 작용한다. 미래에 대한 지나친 불안감과 압박감은 부정적인 에너지로 작용할 수 있지만, 적당한 불안감과 압박감은 자신이 하고자 하는 일에 몰입하게 만드는 강한 동기부여를 제공하기 때문이다.

1.
하루가 다 끝나는 시간은
새벽 1시 반쯤이다
오늘은 오전 12시부터
아리랑 고개에 있는
보컬 선생님에게 찾아 가서
레슨을 받고 집에 와서
밥 먹고 연습하다가
6시 22분에 집을 나와서 버스를 타고
6시 45분쯤에 유도장에 도착했다
10시에 유도가 끝나고 집에 오니 11시
분식집에서 비빔밥을 포장해 와서 먹고
산책하고 자려고 누우니 1시 3분
이 글을 쓰고 있는 현재 시각이다
- '힘을 더 빼고 박자를 잘 지키고 강약 조절을 하라' 중에서

정말 열심이다. 10년 공부를 이렇게 했다면 벌써 뭔가를 이뤘을 나이가 바로 열아홉 살이다. 좋아하는 일이기에, 자신의 인생에 당당한 주인

으로 섰기 때문에 가능한 일이다.

열아홉 살을 너무 어리게만 보는 어른들에게 정호승은 그렇지 않다는 것을 분명하게 보여주고 있다. 세상 모르는 입시생 열아홉 살이 아니라, 자신의 삶에 당당한 주인으로 선 성숙한 열아홉 살 청년의 모습을 보여주고 있는 것이다.

2. AI 시대가 요구하는 인재상을 보여주다

세상이 변하고 있다. 미래의 직업은 한치 앞을 예측하지 못할 정도로 생멸(生滅)의 주기가 짧아지고 있다. 그동안 컴퓨터와 인터넷, 스마트폰이 불러일으킨 생활의 변화는 약과에 불과할 전망이다. AI(인공지능)의 출현으로 지금의 열아홉 아이들이 대학을 졸업하고 사회에 진출할 때쯤에는 지금보다 더한 직업의 변화가 일어날 전망이다.

미래는 지금처럼 학교에서 배우고 익힌 지식만으로 살아나갈 수가 없다. 컴퓨터보다 더 정확하고 광대한 지식을 갖춘 AI 로봇의 출현으로 지금 있는 직업의 절반 이상이 사라질 것이라고 한다. 지금 눈앞에 보이는 것만을 바라보며 직업 준비를 하는 학생들에게는 그야말로 청천벽력이다.

6.
신선한 가사를 듣고 싶다
내가 만들어보려고 애 쓰고 있다

대중가요의 경향이 바뀌고
모두가 신선한 가사를 쓰려고 할 때가
반드시 올 것 같다
- '뻔한 가사' 중에서

　AI 시대에 인재가 갖춰야 할 능력 중에 하나가 창의력이다. 힘든 일이나 단순한 일들은 기계나 로봇에 맡기고, 인간은 그보다 더 창의력을 발휘해서 그들과 더불어 인간다운 인간이 살아갈 수 있는 사회를 만드는 데 기여해야 한다. 창의력은 '뻔한 가사'처럼 우리에게 너무나 익숙한 환경에서 벗어나는 노력을 기울여야 한다. 정호승은 열아홉 살에 그 익숙한 환경에서 벗어나기 위해 노력하는 과정에서 겪어야 하는 갈등을 여과 없이 보여주고 있다.

　2.
　사랑하는 나의 타냐에게
　요즘 나는 자꾸 우울해져
　주변에서 나에게 하는
　기대가 커져서도 그렇고
　내가 아빠한테 공부를 배우다가
　갑자기 음악 한다고 해서
　아빠 학원 애들 대부분은 나를 알거든
　그리고 영어학원도
　그렇게 음악 한다고 끊었어

그래서 나를 아는 사람들은

다 나를 좋게 볼지

나쁘게 볼지 모르겠어

-'다른 사람들의 시선이 내 마음보다 크게 작용하는 것 같아' 중에서

익숙한 환경에서 벗어나 새로운 길을 선택한다는 것은 정말 어려운 일이다. 주변 사람들이 자신을 이상하게 볼지 모른다는 두려움을 이겨내는 것은 정말 큰 용기를 필요로 한다. 하지만 정호승은 그 두렵고 외로운 길을 선택했다. 미래 사회에 자신이 할 일이 무엇인지 분명히 알고 있기 때문이다.

2.

만약 대학을 가지 못하면

하고 싶은 것도 못하고

살아야 하는가?

그건 아니다

나 스스로 대학이라는

기준을 정하고

그것에 나를 맞춰가는 과정일 뿐이지

인생을 판가름하고

기준을 정할 만큼의 가치 있는 일은 아니다

-'노력하는 모습으로 간직할 것' 중에서

대학은 입시생의 전부가 아니라 과정일 뿐이다. 정호승은 이것을 분명히 자각하고 있다. 그래서 대학보다 자신이 하고 싶은 일, 인생의 소중한 가치를 이뤄주는 그 일에 집중하기로 한다. 그래서 선택한 것이 '보컬'이고, 그것을 통해 노력하는 모습에서 삶의 가치를 찾고 있다.

열아홉 살, AI 시대가 필요로 하는 창의력을 갖춘 인재상의 모습을 채워가는 내면의 성숙함을 보여주고 있다.

3. 지혜 공부의 정석을 일깨워주다

공부란 무엇인가? 모르는 것을 알아가는 것이다. 모르는 것을 알아간다는 것은 무엇인가? 교과서를 외워 지식을 습득하는 것을 과연 모르는 것을 알아가는 공부라 할 수 있는가? 그렇다면 AI 시대에 인공지능처럼 칩만 업그레이드 시키는 것도 공부라 할 수 있는가? 지금의 입시처럼 지식습득을 전부로 여기는 공부를 과연 공부라 할 수 있는가? 정말 진지하게 고민해야 할 일이다.

공부는 지금처럼 지식습득으로만 이뤄져서는 안 된다. 습득한 지식을 생활 속에 구체적으로 활용해 나갈 수 있어야 한다. 모르는 것을 배워 아는 것으로 만들고, 그렇게 안 것을 바로 실천에 옮길 수 있는 공부, 우리는 그것을 지혜 공부라 한다.

지혜 공부는 크게 세 가지 과정을 거쳐 이뤄진다. 첫째는 스스로 의지를 세워 자신에게 무엇이 부족한지 알아가는 과정이다. 둘째는 그 부족한 것을 어떻게 채워야 하는지 알아가는 과정이다. 셋째는 어떻게 채워야 하는지 안 것을 바로 실천에 옮기는 과정이다. 궁극적으로는 셋째 과정을 완성시켜야 비로소 공부를 했다고 할 수 있는 것이다.

따라서 공부하는 이에게는 세 가지 조건이 충족되어야 한다. 첫째는 충분한 동기부여, 둘째는 이론 공부를 통해 새로운 것을 알아가는 지식 습득, 셋째는 지식을 생활 속에 바로 활용할 줄 아는 지혜의 터득이 그것이다.

1.
보컬 입시 준비를 계속 하던
추운 겨울 날
안락한 장판지에
항상 먹을 것이 가득한
연습실에서
내가 무진장 게을러졌다는 생각이 들었다
- '노래와 운동을 병행' 중에서

동기부여는 스스로 필요성을 느낄 때 가장 확실하다. 정호승은 보컬을 공부하는 과정에서 스스로에게 찾아온 게으름을 극복하기 위한 방법으로 운동을 선택한다. 자기 인생의 주인공인 자신에게 스스로 확실한 동기부여를 한 것이다.

1.
유도는 매우 매력적인 운동이다
아주 격하게 움직여야 되지만
기술이 들어가면
자신보다 체격이
훨씬 작은 사람에게도 제압 당한다
난 지금 기본적인 기술들을
정확하게 익히는 과정이다

3.
집에 와서 보컬 연습에 매진한다
더욱 정확하게 해야겠다는
느낌을 자주 받는다
저음과 고음
그리고 중간에 있는 음들을
하나하나 곱씹어가며 불러보았다
감정을 더 호소력 있게
전달하기 위해 서서 부르기도 하고
앉아서 또는
누워서 불러보기도 했다
-'감정을 더 호소력 있게 전달하기 위해' 중에서

그리고 둘째 단계, 무엇을 모르는지, 어떻게 해나가야 하는지 알고 꾸준히 노력한다. 모르는 것을 알아가는 단계다. 이제 꾸준히 노력하고 몸으로 익혀 내 것으로 만들면 셋째 단계, 아는 것을 바로 실천하는 단계로 올라설 수 있다. 이때 공부가 얕은 사람은 어쩌다 한번 된 것을 갖고 "알았다"며 멈추는 경우가 많다. 하지만 진심으로 지혜 공부를 해나가는 사람은 항상 '뭔가 부족하다'는 생각을 갖고 꾸준히 노력해나가며 부족한 것을 채우는 과정에서 기쁨을 누린다.

1.
아침에 일어나기가 매우 힘겨웠다
유도를 하며 계속 부딪히고
떨어지고 하면서 몸이 쑤셨다
나도 대련하면서
힘을 많이 써서
다리 팔 허리 목
근육이 가장 많이 쑤셨다

9.
운동은 내가 피곤해서
자더라도 좀 더 쉽게
일어날 수 있게 하는 의지력을 준다
유도 실기시험에서
밀려나고 싶지 않은 생각이 강하게 든다

열심히 보낸 하루였다
-'긴장했을 때 숨이 가빠지고 음정이 불안해진다' 중에서

정호승은 스스로 배우고, 몸을 쓰고, 익혀가는 과정을 통해, 유도와 보
컬을 배우는 과정이 다르지 않다는 것을 알아간다. 단순히 지식으로 아
는 것이 아니라 뭔가 속에서 느껴가며 알아가는 지혜의 길로 들어서는
것이다.

4.
그동안 열심히 연습해 온 결과가
확연히 눈에 보일 정도는 아니지만
내가 원하던 것을
얻어내서 보람 있었다
연습하면
하루 한 시간 한 시간이 달라질 수 있다
한 시간 전의 내가
지금의 나를 못 따라오게 할 거다
-'한 시간 전의 내가 지금의 나를 못 따라오게 할 거다' 중에서

어쩌다 생각이나 지식으로 안 공부는 오래 가지 못한다. 그래서 그 생
각이나 지식을 생활 속에 적용해 가며 끊임없이 몸으로 익혀가는 과정을
거쳐야 한다. 열아홉 보컬 입시생 정호승은 어디서 배운 적 없는 지혜 공
부의 정석을 스스로 터득해 가며, 우리에게 지혜 공부의 정석이 무엇인

지 일깨워 주고 있다.

4. 내밀한 고백으로 소통의 물꼬를 트다

AI 시대로 접어들면서 창의력 못지않게 소통능력이 중요한 경쟁력으로 부각되고 있다. 아무리 뛰어난 능력을 갖췄어도 소통능력이 떨어지면 사회나 조직에서 도태될 수밖에 없다. 소통력이 떨어지는 지도자가 설자리를 잃어가는 시대의 대세가 이것을 증명한다.

소통의 핵심은 표현이다. 표현을 잘 하면 소통은 저절로 이뤄진다. 아무리 많은 것을 알고 있더라도 표현이 부족하면 그만큼 소통의 문제가 생길 소지가 크다.

3.
지금 너무 답답하고 힘들다
노래할 때 같은 실수를 반복했고
또 찍은 영상을 볼 때마다
마음에 안 드는 부분이
꼭 한 군데씩은 나왔다
이럴 때는 촬영을 중지하고
잠깐 쉬다가
다시 하기도 하는데
보통 그렇게 하면

어느 정도는 마음에 여유가 생겨
괜찮은 영상을 건질 수 있다
-'시험 이틀 전' 중에서

　표현에서 가장 중요한 것은 진실성이다. 자신의 속내를 있는 그대로 진솔하게 표현하면 반드시 공감하고 동조하는 사람이 생기기 마련이다. 그런 점에서 정호승은 열아홉 입시생의 속내를 참 잘 드러냈다. 답답함은 답답한 대로, 자신이 처한 상황을 잘 표현함으로써 자신이 처한 상황을 객관적으로 돌아보는 시간을 가지면서, 누구도 피해갈 수 없는 시험을 앞둔 입시생이 처한 상황을 표현해 줌으로써 글을 읽는 독자들이 무엇을 해야 할지 스스로 생각할 시간을 제공하고 있다.

　　2.
선생님은 내가 음정이 안 떨고
박자도 좋아졌다고 했다
자신감이 붙었다
여태껏 매일 새벽까지 연습하며
고생한 보람이 있었다
결과야 어쨌든
내가 노력해서 이만큼 발전했다는 것이 기뻤다
-'시험 하루 전' 중에서

　시험을 앞둔 입시생에게 선생님이 해주신 칭찬과 격려 한마디가 얼마나 큰 힘을 발휘하는지 알게 해준다. 정호승이 의도한 것은 아니지만, 그의 솔직한 내면의 표현을 통해 우리는 시험을 앞둔 입시생에게 무슨 말을 해줘야 하는지 생각해 볼 수 있다.

4.
모두가 살벌하게 눈을 뜨고
엄숙한 분위기 속에서
긴장하지 않으려고 애썼다
그런 분위기 때문에
긴장을 푸는 게
평소보다 훨씬 힘들다

6.
해가 저무는 모습을 보면서
집으로 왔다
화려하게 노래 부르고
살벌한 분위기 속에서
긴장하지 않고
실수하지 않기 위해서
몸부림치고
노력하던
내가 어둑어둑해지는
골목길로
다시 돌아오고 있을 땐
왠지 위로받고 싶고

내 심정을 이야기해 줄
사람이 필요했다
-'실기시험' 중에서

5. 부모의 역할이 무엇인지 느끼게 해주다

정호승의 글을 보면서 그의 부모 이야기를 빼놓을 수 없다. 그의 부모는 나의 대학 후배이자 문학 동인들이다. 시대의 아픔을 외면할 수 없어 문학의 사회적 역할에 대해 고민하며 이십대를 뜨겁게 보냈던 기억이 새롭다.

그 당시 시대의 아픔을 서정시로 접목한 〈서울예수〉로 유명한 정호승 시인의 열렬한 팬이기도 했다. 오죽하면 아들의 이름을 우리 시대 최고의 서정시인으로 평가받고 있는 '정호승'으로 지었을까?

아버지는 아직도 문학청년의 순수함을 간직하고 아들을 있는 그대로 인정해주고 있고, 동화작가인 어머니는 아이들을 상대로 독서교실을 운영하며 문학소녀의 순수함을 소유하고 있다.

정호승에게 아버지와 어머니는 든든한 후원자다. 아버지와 어머니는 아들이 자신의 끼를 아낌없이 발휘하도록 말없이 지켜보고 후원해주는 역할을 할 뿐이다. 그리고 정호승은 누구보다 그런 부모님을 존경하고 사랑한다.

1.
"수고했어"
엄마의 한 마디에 울컥했다
감성이 풍부해서라기보다
그냥 알 수 없는
무언가가 벅차올랐다
- '입시 이틀 전' 중에서

"수고했어."

시험을 앞둔 아들에게 이보다 더한 위로가 어디에 있을까? 어머니는 아들의 마음을 잘 헤아리고, 아들은 그런 어머니의 마음을 진술하게 받아들이고 있다. 참으로 아름다운 모자간의 모습이다.

2.
엄마 아빠가 동행해 주어서
엄마가 사진을 찍어주고
아빠는 주차장에 차를 대러 갔다
- '용인대 실기 시험' 중에서

어쩌면 우리 시대의 입시생을 둔 모든 부모의 모습일 수 있다. 그럼에도 불구하고 이 표현이 아름다운 것은 아들이 그것을 있는 그대로 표현하며 부모에게 고마움을 표하고 있다는 것이다. 무뚝뚝해서 말도 별로 없을 것 같은 열아홉 살 아들이 이렇게 표현해 줄 때, 그것을 보는 부모의 마음은 어떨지 생각해 본다. 그 부모에 그 아들이 아닌가 싶다.

6.
산책하면서 내 삶에 대해
어머니와 이야기를 나눠보았다
부끄러움을 타는지
친구들에겐 절대로 하지 않는
진지한 대화를 들어줄 사람이 필요했다
따로 해답을 들으려고
한 얘기가 아니라
내가 막 내 삶에 대해 얘기하다 보면
나 스스로 정리가 된다
-'힘을 더 빼고 박자를 잘 지키고 강약 조절을 하라' 중에서

문제를 일으키는 아이들을 보면 부모와 소통이 단절된 경우가 많다.
이와 반대로 부모와 소통이 원활한 아이가 문제를 일으키는 경우는 거
의 없다. 그런 점에서 정호승과 부모의 관계는 우리 시대의 부모에게
시사하는 바가 크다.

5.
예술가란
천재적인 재능만 가지고
되는 것이 아니다

작업실에 앉아
힘든 작업을 견뎌내야 한다
행여 고통스런 작업 없이
즉흥적으로 곡을 얻으려하는 자가 있다면
어떤 과정을 거쳐도 좋으니
나중에 완성된
곡을 들려달라고 할 것이다
그 동안에 충분히 스스로
작업의 고통을 느낄 테니
-'처음 떠오른 영감만으로는 곡을 만들 수 없다' 중에서

문학을 사랑하고 문학과 함께 한 아버지와 어머니가 아들이 걸어야
할 예술가의 고통을 모를 리 없다. 하지만 묵묵히 아이의 선택을 존중
하고 지지하며 후원해 줄 뿐이다.

그런 부모의 마음을 열아홉 아들이 솔직하게 표현해주고, 함께 소통
해 나가는 모습이 더욱 아름답게 느껴진다.

4.
시인의 의도는
내가 생각하는 것처럼
자잘한 표현 기법 정도가 아니었다
결국 그의 인생에서 드러나는 모든 것
그것은 제각기 다른 모든 사람들에게도
공통적으로 적용되는 요소들이었고

시인이 과장한 것처럼 쓴 표현과
이야기들은 주제를 강조할 뿐만 아니라
더 넓은 세계관을 가질 수 있게
생각의 길을 열어 준 것이었다

5.
평생 반성하고 다그치며 살아야겠다
그래도 부족하다
시인처럼 작게 살아야겠다
남들이 처음에는 지적할지라도
나중에 참뜻을 깨닫고
자신을 후회할 정도의
작품을 쓰는 사람이 되자
그러기 위해서는
평생 한 작품에 몸 던질 각오가 있는가?
-'평생 한 작품에 몸 던질 각오' 중에서

내 젊은 열아홉 입시 시절을 떠올리며

어느 새 11월이 다 끝나가고 있다. 작년 이맘때쯤엔 입시를 준비하느라 정신없었는데, 만날 하던 대로만 하니까 매일 부르는 노래들은 다 거기서 거기로 들리고 똑같은 곡만 계속 부르니까 점점 내가 잘하고 있는 건지 아닌지 헷갈렸던 기억이 난다.

일 년 전인 재작년으로 거슬러 가면, 나는 지금 고3이 되는 과정을 준비하기 위해 열심히 아버지에게 국어와 논술을 배우고, 일주일에 두 번씩은 영어 학원에 다니고 있었다. 고등학교 생활과 대학교 생활의 차이는 아주 명확했다. 수업의 분위기. 고등학교 수업의 분위기는 작게 떠들거나, 핸드폰을 하거나, 딴 짓을 하는 것은 용기가 필요했다. 그러나 대학교 수업은 달랐다. 대학교 수업에서는 딴 짓을 하든, 핸드폰을 하든, 신경 쓰는 사람이 없었다. 내가 미안해져서 일부러 수업에 더 집중하게 될 정도다.

방학이 다가왔지만 오히려 평소 대학 생활보다 더욱 더 바빠졌다. 2학기 정기공연이 이제 20일 정도가 남았는데 그 공연에서 내가 혼자 부를 곡은 한 개, 듀엣으로 부를 곡 한 개, 코러스 곡은 6개가 있기 때문이다. 코러스를 하든, 혼자 부르든 간에, 합주에 참여해야 하는 건 모두 똑같다. 하루 종일 학교 합주실을 오가면서 지내야 한다.

코러스를 맡게 될 경우에는 합주 전에 코러스들 끼리 따로 연습실을 잡고 연습도 해야 한다. 연습할 때는 의견차가 많이 생기게 된다. 이때 어떤 친구는 음정의 정확성이나, 악보를 토대로 말하지 않고 뚜렷한 근거도 없이 그저 음정이 틀렸다고 지적하는 경우도 종종 생긴다. 물론 느낌이 매우 중요한 건 사실이다. 그러나 정확한 근거를 말하지도 않고 지적을 하면 지적 받는 사람은 단지 기분만 나빠질 뿐이고, 문제 해결에는 아무런 도움이 되지 않는다.

어찌되었든, 이런 저런 과정을 거치다 보면 밤 10시가 훌쩍 넘는다. 정말 시간이 빨리 지나가버린다. 밥을 먹을 시간이 생기면 근처에 있는 주먹밥 집이나. 가끔은 여러 친구들과 같이 찌개류 등을 먹으러 가곤 한다. 정신없는 학교 일정을 마치고 집에 돌아오면, 쉬고 싶은 생각뿐이다. 그러나 잊지 말아야 한다. 아무리 힘들어도 나는 내가 좋아하는 일을 하고 있고, 이 정도 책임감은 시작에 불과하다는 것을.

2016. 11. 27.
정호승